LA
CHASSE A LA DOT

PAR

OCTAVE AXIA

RÉPRÉSENTÉE POUR LA PEMIERE FOIS

LE 1er FÉVRIER 1863

PAR LA TROUPE THÉATRALE DE COLMAR ET DE
MULHOUSE.

DIRECTION DE M. BLOT-DERMILLY.

COLMAR,

IMPRIMERIE ET LITHOGRAPHIE DE CAMILLE DECKER.

1863.

PERSONNAGES

		ACTEURS.
GEORGE, avocat	30 ans.	M. Mouillon
JEAN, domestique de George	22 id.	« Alizier
DUVAL, étudiant en droit	28 id.	« Fernand
COURTAY, id.	27 id.	« Paulus
DELORME, docteur en médecine	32 id.	« Lévy
DE PÉDANTSEC, rentier, célibataire	50 id.	« Sabatier
LEROIX, lieutenant d'infanterie	26 id.	« Pauchet
CHARLES WAGNEUR, journaliste	30 id.	« Dermilly
BENOIT, célibataire	55 id.	« Morin
Un garçon restaurateur	22 id.	« Laroche
Mlle STELLA DE KARINI	25 id.	Mme Mouillon
PAULINE	23 id.	« Massy

La Scène se passe chez GEORGE.

LA
CHASSE A LA DOT.

COMÉDIE EN UN ACTE, EN PROSE.

———

Le théâtre représente un salon, porte au fond et à droite. L'avocat
George, est assis devant une table chargée de papiers.

———

SCÈNE Ire

GEORGE. (*Il bâille et tire sa montre.*)

Quoi! seulement dix heures..... comme le temps
paraît long quand on le passe à écrire de ces malheureux plaidoyers comme celui-ci, c'est abrutis-
sant; quelle mauvaise cause! L'article 400 du Code
pénal dit: « Quiconque aura extorqué, par force,
« violence ou contrainte, la signature ou la remise
« d'un écrit, d'un acte, d'un titre, d'une pièce
« quelconque contenant ou opérant obligation, dis-
« position ou décharge, sera puni de la peine des
« travaux forcés à temps. » Les preuves sont acca-

1

blantes pour mon client ; néanmoins, si je parvenais à faire croire qu'il est blanc comme neige, cette cause ferait bruit et m'en amènerait d'autres........ Mais laissons tout cela.

(*Se levant.*) C'est donc aujourd'hui, ce matin, que j'enterre ma vie de garçon, pour la forme du moins ; car, je ne compte pas sérieusement enfermer mon cœur dans le pot-au-feu du ménage, je garde Louise comme fiche de consolation. Ce soir, on passe le contrat, je vais donc enfin palper la dot et payer mes dettes ! Comme je dormirai tranquille après !... Rien n'est détestable comme d'être harcelé par ses créanciers ; les gens qui ne doivent rien, ne comprennent pas cela. Aussi, que de persévérance, que de stoïcisme, que de démarches, que d'œillades, que de rhumes, attrapés sous les fenêtres, que de déboires, avant de parvenir à prendre dans ses filets, la femme avec fortune, que nous envisageons comme la planche de salut qu'aperçoit le naufragé pour le ramener à bord ! C'est un métier bien aride que celui de chasseur à la dot, voici dix ans que je le fais, j'en sais quelque chose.

SCÈNE II.

GEORGE, JEAN.

JEAN entrant (*d'un ton dolent.*)

Une lettre pour Monsieur. (*Il sort.*)

GEORGE.

C'est de Louise....... (*lisant*)

« Mon cher George,

« Je t'ai attendu aujourd'hui, car je croyais que tu serais venu, mais je pense que tu viendras demain. Mon propriétaire me tourmente pour que je lui paie les trois trimestres que je lui dois..... Je pense que tu me viendras en aide. »

(Rejetant la lettre.)

C'est bon, nous verrons cela.

JEAN *(rentrant.)*

Le déjeuner de Monsieur est-il irrévocablement pour midi ?

GEORGE.

Mais oui, sans doute, mon ami, ces Messieurs sont exacts. Mais, ah ça, à voir ton air penaud, on supposerait que tu n'es pas en mesure, ou qu'il t'est survenu quelque malheur. Aurais-tu manqué une sauce, ou brûlé un rôti ? Ha! Jean, la chose serait grave..... car songes-y, je donne aujourd'hui mon dernier déjeuner de garçon, le jour est des plus solennel !.....

JEAN *(soupirant.)*

Hélas! Monsieur, si tout le mal était là......

GEORGE *(avec surprise.)*

Mais alors, de quoi s'agit-il donc ?

JEAN.

Il s'agit, Monsieur, que moi, d'ordinaire si scrupuleux à l'égard de ma conscience, je la sens en ce moment chargée d'un poids énorme, j'étouffe !...... et cela pour avoir rendu un grand service à Monsieur.

GEORGE (*riant.*)

Il devient fou !

JEAN (*poursuivant.*)

Monsieur le curé me l'avait bien dit : « Jean, vous voulez quitter Monchot ; vous voulez aller voir la capitale qui est la ville du démon, vous vous perdrez à Paris !..... »

GEORGE.

En effet, tu t'y perds souvent, car quand je t'envoie en commission, tu ne reviens plus.

JEAN.

Ne riez pas, Monsieur, ce n'est pas comme çà que Monsieur le curé l'entendait..... Mais voilà, je suis venu à Paris, parce que papa, de son vivant, m'en parlait toujours, j'y suis venu par curiosité, mais quand Monsieur sera marié, qu'il pourra enfin me payer l'arriéré de mes gages, je retournerai au pays, j'irai retrouver ma marraine ; puisque je n'ai plus qu'elle au monde !.....

(*Il essuie une larme.*)

GEORGE (*avec impatience.*)

Tu feras ce que tu voudras; mais trève de sor-
nettes, Monsieur Jean, veuillez me dire, si vous
avez exécuté mes ordres au sujet du déjeuner ? Le
traiteur, du coin, vous a-t-il envoyé ce que je vous
avais chargé de commander ? Des huîtres, une
dinde truffée, un pâté de foies gras, cinq bouteilles
de bordeaux blanc et dix de champagne ? Mais, j'y
pense, vous parliez tout-à-l'heure de votre conscience, chargée d'un poids énorme !..... Auriez-
vous, par hasard, vidé une ou deux de ces bouteilles ? Ah! malheureux !... je plaindrais votre âme,
le péché serait mortel !

JEAN (*s'asseyant.*)

Monsieur n'y est pas du tout, non, Monsieur n'y
est pas..... quand Monsieur m'a envoyé faire cette
commande, Monsieur ne se rappelait sans doute
plus qu'il avait oublié de payer le dîner de derniè-
rement..... avec ces dames.....

GEORGE (*avec distraction.*)

Je ne pensais plus en effet à cette bagatelle !.....
Mais, tu n'as pas manqué de dire au traiteur, que
je paierai le tout ensemble.

JEAN.

Bien sûr, Monsieur, mais il ne s'est pas chauffé de
ce bois-là..... Il m'a dit : qu'il ne pouvait rien
fournir à Monsieur, avant que Monsieur ait soldé
ce compte-là....

(Il tire une note de sa poche et la présente à son maître.)

GEORGE *(la déposant sur le bureau sans la lire.)*

Alors, coquin, le principal du déjeuner va donc manquer; et mes amis qui arrivent à midi.

JEAN *(avec effort)*.

Que Monsieur se rassure, je suis allé chez le restaurateur de l'autre coin; et comme je sais qu'il connaît aussi Monsieur, et qu'il n'aurait pas manqué de faire aussi des difficultés, j'ai tout pris sur le compte de Monsieur Benoit, le locataire du premier.

GEORGE.

Très bien, article 405 du Code pénal, quiconque soit en faisant usage de faux noms ou de fausses qualités, aura trompé la confiance d'autrui, sera puni d'un emprisonnement d'un an au moins et d'une amende qui pourra s'élever jusqu'à 3,000 fr.

JEAN *(avec égarement)*.

Seigneur mon Dieu! Ayez pitié de moi!... C'est à cause de vous, pourtant; que je suis à cette heure un grand coupable devant Dieu et devant les hommes.

GEORGES *(avec compassion)*.

Calme-toi, mon pauvre Jean, au pis aller, je suis capable de te défendre; mais je pense que tu n'au-

ras pas besoin d'avocat pour cela... On mettra tout
sur le compte d'un malentendu; dans quelques
jours je serai marié, j'irai payer ces petites dettes
et tout sera dit.

Mais, il me semble qu'on sonne? Serait-ce déjà
de mes invités? (*Il regarde à la fenêtre.*) Oui, vraiment; peste, ils ne sont pas en retard.

(*Jean sort lentement pour aller ouvrir.*)

GEORGE.

Dire tout de même, que d'aujourd'hui en huit, à
pareille heure, je serai marié!.. Rien que cette
pensée me donne la chair de poule. Marié! c'est-à-
dire au pouvoir d'une femme légitime, d'un inqui-
siteur en jupons, qui sera là pour me demander
compte de mes actions, de mes démarches les plus
innocentes. C'est effrayant!... Après tout, il faut
bien faire une fin. . . .

SCÈNE III.

Le même. DUVAL, COURTAY, DELORME.

(*Les trois jeunes gens entrent bruyamment.*)

DUVAL, COURTAY.

Bonjour, George, bonjour, jeune marié!

GEORGE.

Pas encore, chers amis; comment allez-vous tous:

Courtay, Duval et toi, Delorme, digne disciple d'Esculape ?

DELORME (*d'un ton grave*).

Je suis le plus malade de ma clientèle, car en ce moment, tout le monde regorge de santé ; pas d'épidémies, pas de fièvres, pas même de rougeole ; les gens ne meurent plus que d'apoplexie, c'est désespérant pour les médecins. (*Ils rient à l'exception de Delorme, qui conserve un air sérieux.*)

GEORGE.

Voulez-vous des cigares ? (*Il va prendre une boîte sur un meuble, chacun se la passe.*)

DUVAL.

Serons-nous nombreux aujourd'hui ?

GEORGE.

Nous serons sept, je pense : d'abord nous quatre, Alfred Leroix . . . .

COURTAY.

Quoi ! Leroix est à Paris ?

GEORGE.

Je l'ai rencontré hier, sur les boulevards, et je l'ai prié d'être des nôtres.

DUVAL.

Je ne l'ai pas revu depuis ma sortie du lycée.

DELORME.

Ni moi non plus, il est militaire, n'est-ce pas; quel grade a-t-il ?

GEORGE.

Il n'est encore que lieutenant, mais il doit incessamment passer capitaine.

COURTAY.

Qui viendra encore ?

GEORGE.

Monsieur de Pédantsec.

DUVAL.

Si le personnage est aussi burlesque que son nom ?

GEORGE.

C'est un de ces vieux lions sans crinière, qui ont la prétention de rester jeunes en dépit des années; il accuse 38 ans, tandis qu'il doit être dans les 50 depuis longtemps; il s'habille comme un jeune homme, fait la cour à toutes les femmes, et s'en croit adoré; ce qui me le rend supportable c'est qu'il a toujours à mon service une stalle à l'opéra; et qu'il me prête de l'argent dans les moments les plus désespérés.

COURTAY.

S'il a des fonds à placer, je suis son homme.

GEORGE.

Ne t'y fie pas; il ne prête qu'avec garantie et se
retient toujours les intérêts.

COURTAY.

C'est donc un vieil usurier ?

GEORGE.

Je sais où j'en suis avec lui.... encore faut-il
que je le ménage, que je fasse patte de velours.

DELORME.

Est-il malade au moins ?

GEORGE.

Si tu sais lui plaire, tu pourras devenir son mé-
decin; il est atteint d'un asthme qu'il qualifie de
rhume.

DUVAL.

Mais cela ne fait que six, et nous devons être
sept.

GEORGE.

Je compte aussi sur Charles Vagneur !

Tous.

Charles Vagneur !

DUVAL.

Il est devenu invisible pour ses amis depuis bien longtemps, — que fait-il donc ? Est-il toujours au *Moniteur* ?

GEORGE.

Toujours, seulement il voyage ; il va prendre des notes sur place ; il arrive de Plombières.

COURTAY.

Est-ce qu'il y est resté longtemps ?

GEORGE.

Tout le temps du séjour de l'Empereur.

DUVAL.

C'est un garçon d'esprit.

COURTAY.

Et un cœur d'or.

DELORME.

Il fera son chemin.

DUVAL.

Je serai content de lui serrer la main, ainsi qu'à Alfred Leroix.

COURTAY.

Moi aussi.

GEORGE (*indifféremment*).

Mais oui, M. Guyot consent à m'accorder sa fille avec 100,000 fr.

DE PÉDANTSEC.

Peste, 100,000 fr., ce n'est pas facile à trouver de nos jours, vous avez de la chance, mon cher George.

DUVAL.

Son père, qui le tient très-serré, lui laissera bien cela un jour !

SCÈNE V.

Les mêmes. CHARLES VAGNEUR, ALFRED,

LEROIX.

CH. VAGNEUR, ALFRED, LEROIX.

Bonjour, chers amis, ce cher Courtay, ce bon Delorme, et toi Duval, quel bonheur de vous revoir. (*Ils aperçoivent de Pédantsec, ils saluent.*)

DUVAL.

Mon cher Leroix, la décoration que tu portes, nous apprend que tu as déjà fait campagne; tu as dû passer de rudes moments en Italie ?

LEROIX.

En effet, mais comme tu le vois, je m'en suis tiré avec bon pied, bon œil.

DE PÉDANTSEC.

C'est de la chance...

DELORME.

Tu as maintenant une belle carrière ouverte devant toi.

GEORGE.

C'est un futur général.

LEROIX.

On ne peut pas trop compter sur l'avenir d'un militaire.... enfin, c'est égal, cela n'empêche pas d'aimer le métier.

DE PÉDANTSEC.

En vous entendant parler ainsi, on se sent fier d'être Français.

LEROIX (*à Duval*).

D'où nous vient donc ce vieux retapé?

DUVAL.

Pas si haut : il a de grandes prétentions à la jeunesse.

COURTAY.

Et toi, Vagneur, il y a plus de six mois que je ne t'ai rencontré, c'est réellement une bonne fortune que de te posséder aujourd'hui parmi nous.

VAGNEUR.

Chers amis, ne m'en veuillez pas, si je ne suis plus des vôtres comme autrefois ; tous mes instants sont comptés.

GEORGE.

J'ai déjà fait admettre pour toi, des circonstances atténuantes.

CH. VAGNEUR.

Comme il paraît joyeux, on voit bien qu'il se marie.

LEROIX.

Ta future est-elle jolie ?

GEORGE.

Non, je me suis attaché aux qualités solides.

VAGNEUR.

Georges, qu'entends-tu donc par qualités solides?

DELORME.

Il entend le chiffre de la dot, les espérances d'avenir, l'âge réfléchi de son épouse.

GEORGE.

Le mariage, aujourd'hui, n'est plus qu'une simple association commerciale.

VAGNEUR.

Quoi ! tu fais marché de ton cœur, de tes sentiments ?

GEORGE.

Mais non, mon cœur reste ce qu'il a toujours été, une maison de refuge pour toutes les belles!..

LEROIX.

L'état, qui tient à donner le moins possible de pensions de veuves, nous a cotés à 24,000 fr: Aussi ne faisons-nous plus du mariage une affaire d'inclination.

DUVAL.

Quand donc pourra-t-on épouser la dot sans la femme?

DE PÉDANTSEC.

Quand elle est jeune et jolie!...

COURTAY.

Elle a malheureusement le défaut de vieillir...

DELORME.

Et crois-tu que nous restions toujours jeunes, nous?

DE PÉDANTSEC.

Quant à cela, il est prouvé que la femme à 30 ans, est plus vieille que l'homme à 60.

VAGNEUR.

Allons donc.... tout à l'heure, quand nous serons à table, je porterai un toste à l'amour conjugal, à

2

George, à sa fiancée! Malgré ce qu'il en dit; je suis bien sûr que son cœur bat, à la pensée de celle qui va devenir la compagne de sa vie.

DUVAL.

Nous boirons plutôt à la continuation de sa vie joyeuse: à Louise, à Madelon, à Sophie, à Léonie, à Maria, à Fanchette, à Julie!

DE PÉDANTSEC.

Rien que cela!.... Heureux garçon!

VAGNEUR.

Je ne comprends vraiment pas, que vous puissiez tant tenir à ces distractions banales; j'ai, comme vous, trempé mes lèvres à la coupe de ces plaisirs; mais j'ai bientôt ressenti un éloignement invincible pour ces nymphes de la rue, que l'ignorance, le vice, la paresse, et le manque d'argent conduisent dans nos bras.

DUVAL.

Alors, tu dédaignes l'amour, le plaisir, je rends hommage à ta sainteté!....

VAGNEUR.

Je comprends l'amour, la passion, autrement que beaucoup, voilà tout; pour les uns, ce n'est qu'un instinct, pour les autres c'est un luxe, un art, mais pour moi, c'est un sentiment... aussi il n'y a que la femme honnête qui soit susceptible de m'en inspirer. (*Tous riant.*) Est-il vertueux!....

DELORME.

A toi le prix Monthion.

DE PÉDANTSEC.

Toutes les femmes sont les mêmes, cher Monsieur.

GEORGE.

Toutes les Françaises sont égales devant la poudre de riz et la crinoline.

VAGNEUR.

Je soutiens qu'il y a des femmes infaillibles.

GEORGE.

Si j'en avais rencontré, je ne l'avouerais pas.

DUVAL.

Nous allons te plaindre sincèrement.

VAGNEUR.

Vos succès auprès des drôlesses vous ont tourné la tête.

LEROIX.

Il aura remarqué dans ses voyages quelque citadelle, qu'il aura crue imprenable; que diable, mon cher, tu n'auras pas bien étudié la place; car, sans cela, tu eusses bien trouvé quelques brèches, quelques côtés faibles, pour diriger tes batteries avec avantage.

GEORGE.

Il connaît peut-être une bourgeoise, qui veut se faire épouser ?

VAGNEUR.

Je repousse vos attaques...... je réponds à Leroix que je crois à la vertu des femmes, quoi qu'il en dise ; et à George, que personne ne songe à m'exploiter en matière de mariage ; d'ailleurs, je considérerais la femme qui consentirait à m'épouser comme parfaitement désintéressée, car, je ne lui apporterais pour le moment que mon travail quotidien.

GEORGE.

Mais, mon cher, il me semble que quand on se fait comme toi, 8 à 10,000 fr. par an, qu'on peut prétendre à quelque fortune ?

VAGNEUR.

Détrompes-toi, je connais la société mieux que personne, moi, qui passe mon temps à l'étudier. Je possède simplement une position sociale, quel est l'homme qui n'en a pas ? De nos jours, les pères de familles, se montrent peu disposés à jeter à la tête des hommes sans patrimoine leurs filles et leurs écus.

GEORGE.

Pourtant, moi qui n'ai rien pour le moment je

vais bien épouser Mlle Guyot , à qui son père donne 100,000 fr.

VAGNEUR.

Tâche de les toucher autrement que sur le contrat.

GEORGE.

Quoi ! Tu supposerais que la fortune de Monsieur Guyot ?.....

VAGNEUR.

Est quelque peu illusoire....

GEORGE.

J'aurai soin de me faire remettre la somme, aussitôt la signature du contrat.

VAGNEUR.

Tu fais un mariage d'argent, le mal ne serait pas grand si tu étais attrappé.

GEORGE.

Je te remercie, le mal serait grand, très-grand au contraire.

DE PÉDANTSEC.

On peut encore faire de bons partis, en s'adressant aux négociateurs de mariages; il y a M. de Foi, Mme de Saint-Marc...... Je connais des jeunes gens très-bien, qui se sont fait inscrire,

VAGNEUR.

Ils pourront trouver là d'anciennes femmes de chambres, enrichies par leurs maîtres ; car, quelle est la femme comme il faut qui avoue qu'elle veut se marier ?

GEORGE.

Mais enfin, mon cher, tu es d'un désintéressement ridicule pour notre siècle, tu veux donc une femme à ta charge, ne sais-tu pas le prix des volants et des dentelles ?

VAGNEUR.

Le chiffre de la dot, m'importe peu. Ce qu'il me faut à moi, c'est une femme qui réunisse les qualités nécessaires pour m'assurer un bonheur solide et durable. Ce luxe dont tu parles ; j'aurai soin de l'éviter. Je ne veux pas d'une grande niaise sortant de sa pension, ni d'une extravagante, je veux une femme d'esprit et de cœur, qui garde son prestige en dépit des années et non d'une de ces femmes frivoles qui vous enchantent, qui vous captivent, mais qui vous blasent au bout de quelques mois et souvent plus tôt.

GEORGE.

Croire qu'on aimera toujours la même femme, est aussi insensé que d'espérer qu'on se portera toujours bien, ou que l'on sera toujours heureux.

LEROIX.

Les idées de Vagneur, sont entièrement arrêtées;
vous ne parviendrez pas à les lui changer; il trace
l'esquisse d'un portrait dont il connaît l'original.

VAGNEUR.

Peut-être.

SCÈNE VI.

Les mêmes. JEAN, M. BENOIT, le garçon traiteur.

JEAN. (*il entre vivement.*) — *A George.*

Voici. Monsieur Benoit!.....
M. BENOIT (*en robe de chambre*) (*à George.*)
Voici un garçon (*montrant le restaurateur*) qui
m'apporte une note de 300 fr. pour un déjeuner et
du vin, qu'il a apportés ce matin, sans doute chez
vous, Monsieur, car moi, je n'ai rien commandé
ni rien reçu, car je suis fortement indisposé.

LE GARÇON TRAITEUR.

C'est pourtant vous, Monsieur, qui êtes M. Benoit?
(*il montre Jean*) Voilà bien votre domestique? C'est
lui qui est venu faire la commande au bourgeois?

BENOIT (*s'animant* .

Je vous dis que vous ne savez ce que vous dites :
d'abord, je n'ai pas de domestique mâle! Je ne me

sers que d'une femme de ménage, et puis, je suis
indisposé !.....

GEORGE.

Jean, aura fait une bévue, que je m'explique : il
se sera imaginé avoir M. Benoit, pour maître, (*plus
bas*) il est sujet à des attaques d'aliénation, voyez en
ce moment comme il a l'air effaré ? Je suis sûr, qu'il
va entrer dans une de ses crises.....

M. BENOIT (*à part.*)

Qui sait? s'il n'a pas pénétré chez moi, à mon
insu ! car depuis plusieurs jours, je me sens réellement indisposé, on dirait que je suis empoisonné!...

GEORGE (*au garçon traiteur.*)

Mon ami, dites à votre maître, que je suis sur le
point de me marier et que je n'ai pas un instant à
moi, mais qu'aussitôt la chose conclue; je m'em-
presserai de passer chez lui.
(*Le garçon traiteur, s'incline et sort.*)

GEORGE.

Maintenant, M. Benoit, voulez-vous me faire le
plaisir d'accepter un verre de champagne, nous
allons déjeuner; je fais ce matin mes adieux à la
vie de garçon, mes amis sont là....

M. BENOIT.

Grand merci, Monsieur, je me retire, je ne suis

pas assez en toilette, ni assez en santé, je vous l'ai dit : je suis indisposé !..... (*il sort.*)

JEAN. (*Il se laisse tomber sur un siége.*)

A Monsieur dans quelle position je me suis trouvé là ! Ils me prennent pour un fou, mais ça ne fait rien.... Vous avez eu une bonne idée.

GEORGE.

Tu fais toujours de petites choses des affaires d'état, je savais bien que j'arrangerais tout cela.

(*A ses amis.*)

S'il vous est agréable, Messieurs, nous passerons à la salle à manger et Jean nous servira le café au jardin ?,.....

(*Tous.*)

Volontiers, le temps est si beau.

VAGNEUR.

Il y a de l'ombre au moins ?

GEORGE.

Certainement, il y a plusieurs bosquets de cléma- tite et de vigne vierge.

SCÈNE VII.

JEAN, *les mêmes.*

JEAN *(entre et va parler à son maître).*

GEORGE.

Dis-leur de revenir dans un autre moment.

DELORME.

Qu'est-ce donc ?

GEORGE.

Deux dames qui demandent à voir mon logement.

DE PÉDENTSEC *(à Jean).*

Sont-elles jeunes ?

JEAN.

Je ne sais pas, monsieur.

COURTAY.

Sont-elles jolies ?

JEAN.

Je n'ai pas fait attention, monsieur.

GEORGE.

Fais-les entrer nous jugerons.

COURTAY.

Décidément, ces dames de la régence avaient

raison, quand elles disaient en parlant de leurs valets : ces gens-là ne sont pas des hommes.

VAGNEUR.

George, ton logement est donc à louer ?

GEORGE.

Sans doute, j'irai habiter chez mon beau-père, tu comprends que je ne pourrais pas installer ici ma femme.

SCÉNE VIII.

Les mêmes, JEAN, Mademoiselle de KARINI, PAULINE.

(Mademoiselle de Karini dépose son ombrelle sur une chaise à l'entrée. Elles saluent.)

Mademoiselle de KARINI *(avec surprise).*

Monsieur Vagneur !.....

(Elle salue de nouveau)

VAGNEUR.

Mademoiselle de Karini !

Mademoiselle de KARINI *(à George).*

Ces deux pièces seules composent l'appartement ?

GEORGE.

Encore une, Madame, donnant sur le jardin, c'est ma chambre à coucher.....

(Les deux dames font quelques pas).

Mademoiselle de KARINI.

Pardon, Messieurs, de vous avoir dérangés.

(Elles s'apprêtent à se retirer)

VAGNEUR *(à George)*

Reste, j'accompagnerai ces dames. *(Ils sortent.)*

GEORGE *(revenant près de ses amis),*

Il est en pays de connaissance, je le laisse.

LEROIX.

Mademoiselle de Karini a rougi en le reconnaissant. Je gage que c'est le point fortifié qu'il enterogait dans l'horizon de son cœur.

GEORGE

C'est bien possible.

DE PÉDANTSEC.

La blonde est délicieuse !.... *(Il retourne à la porte, pour les voir encore.)*

LEROIX.

Je me prononce pour la brune, ce doit être une Italienne, que Mademoiselle de Karini.

DELORME.

Je la crois très-capable de fixer quelqu'un, je ne m'étonne plus du sentiment même platonique, qu'elle a inspiré à Vagneur.

DE PÉDANTSEC.

La blonde paraît plus jeune.

DUVAL.

Qu'importe, l'autre est mille fois plus belle, elle a quelque chose de supérieur, qui domine et entraîne à la fois.

DE PÉDANTSEC.

Elle a même quelque chose d'un peu trop froid.

SCÈNE IX.

Les mêmes, JEAN *(entre par la porte du fond).*

JEAN.

Messsieurs, vous êtes servis !....
(Tous se disposent à sortir. Ils allument leurs cigares.)

LEROIX.

Cette froideur apparente n'est qu'un charme de plus, n'avez-vous pas remarqué que ses grands yeux sont d'une douceur extrême.

COURTAY.

Ils sont chargés de pensées et de mélancolie.

LEROIX.

Je veux faire l'assaut de ce cœur là. Il faut que je sache qui elle est ? Mademoiselle de Karini merite bien qu'on se mette en campagne....

GEORGE.

Elle est peut-être riche ?

DELORME.

Il n'est pas probable, puisque notre ami, repousse la dot de tout son cœur.

DE PÉDANTSEC.

Si elle n'a rien, elle risque fort de coiffer Sainte Catharine, a moins qu'elle n'épouse Monsieur Vagneur, elle ferait bien, ma foi, de profiter de l'occasion.

GEORGE.

La dot, à la laideur, prête bien des appas; et la beauté, sans dot, ne se mariera pas. *(Comme dit Ponsard.)*

LEROIX.

Mais, n'y a t-il donc pas d'autres moyens de témoigner son amour à une femme que de l'épouser ?

N'y a t-il pas d'autres moyens de l'obtenir ? Je ne suis pas comme Vagneur, je ne crois pas aux places imprenables.

COURTAY.

Je n'entreprendrai pas la conquête de Mademoiselle de Karini, la campagne serait trop longue..... Vive les succès faciles, vive ma blanchisseuse !

LEROIX.

A vaincre sans périls, on triomphe sans gloire.

DELORME.

Mais, mon cher Leroix, je trouve qu'il sarait peu délicat de marcher sur les traces de Vagneur, il parait aimer cette femme, et il est notre ami.

LEROIX.

Diable, j'oubliais ! C'est dommage !....
(Ils sortent par la porte du fond.)

SCÈNE X.

CH. VAGNEUR, Mademoiselle de KARINI, PAULINE.

Mademoiselle de Karini *(entrant la première)*. Je dois l'avoir déposée par ici..... à oui, la voilà....
(Elle reprend son ombrelle, oubliée sur le bureau.)
Je vous prie maintenant, Monsieur, de ne plus vous déranger, nous rejoindrons seules notre voiture.

Vagneur.

Vous êtes donc sans pitié, Mademoiselle, par grâce! Ecoutez-moi? Je vous retrouve après deux mois de recherches, je bénis le ciel! Je suis si heureux.

Mademoiselle de Karini.

Vous savez, Monsieur, quelles sont mes intentions d'avenir, je vous les ai déjà exprimées; elles sont irrévocables; je ne me marierai jamais!...

Vagneur.

Jamais .... Alors, Mademoiselle, recevez en même temps que mes adieux le souhait d'une vie assez remplie, afin qu'il n'y reste aucune place pour le souvenir d'un honnête homme, dont vous aurez brisé l'existence.

Mademoiselle de Karini.

Allons, Monsieur Vagneur, ne vous exagérez pas le mal que je vous fais, les hommes oublient bien vite ces sortes de peines... ne nous quittons pas aussi ennemis. (*Elle lui tend la main.*) Je puis donner une consolation à votre amour-propre, c'est de vous assurer que si j'étais portée à faire un choix, ce serait certainement sur vous que tomberait ma préférence.

Vagneur.

Ce n'est pas mon amour-propre qui est en jeu, ce n'est pas l'insuccès qui me blesse .... non ....

mais le jour où vous m'êtes apparue, j'ai mis ma vie en vous. A Plombières, je vous ai vue disparaître, sans laisser aucune trace, et pourtant, je nourrissais au fond du cœur l'espoir de vous retrouver, quelque chose me le disait. J'espérais qu'un jour, bien assurée de mon dévouement, de mon affection, vous n'hésiteriez plus à me confier votre destinée. Je vous aime, Stella, comme je n'ai jamais aimé!..

Mademoiselle DE KARINI (*avec émotion*).

Vous êtes un noble cœur. Je suis fière du sentiment que je vous inspire; vous ne pensez pas comme les autres hommes. De nos jours, des considérations de luxe et de fortune décident des destinées, et grâce à l'influence toute puissante de la mode du jour, les unions les plus intimes, les plus profondes, les plus sacrées, revêtent je ne sais quel air dépravé d'association commerciale. Les hommes de notre époque ne se soucient pas de l'âme, parce que l'âme ne se laisse pas chiffrer, et qu'il est impossible de spéculer sur elle.... Avant de vous rencontrer, j'avais si peu l'espoir de trouver un homme de quelque valeur, que j'étais résolue de ne jamais aimer que mon indépendance, mes livres, mes pinceaux et mon amie Pauline, qui est ma sœur d'adoption.

Depuis quatre ans, je suis en jouissance d'une belle fortune; si elle eût été connue, elle m'eut attiré bien des hommages importuns.

VAGNEUR.

Quoi, vous êtes riche! Mais alors....

3

Mademoiselle DE KARINI.

De grâce, laissez-moi achever. Je ne voulais pas d'un homme ambitieux et sans mérite, comme il y en a beaucoup trop aujourd'hui. Je ne sais pas aimer à demi, aussi je voulais quelqu'un qui fût digne de mon amour, ou n'aimer personne. Puisque Dieu a voulu que je rencontrasse une exception, je vous dis maintenant : si j'étais une artiste vivant de son travail, comme je me suis plu à vous le laisser croire, j'accepterais aujourd'hui l'homme généreux qui s'offre à moi. Je vous prie donc, en me prenant pour femme, de vouloir bien accepter les trois cent mille francs que je possède. N'ayez pas plus d'orgueil que j'en aurais eu, ou sans cela, je croirais qu'en vous ce sentiment est plus puissant que l'amour.

VAGNEUR.

Non, je n'ai pas d'orgueil, je vous aime, Stella. Mais, mon honneur, ma conscience me dit que si une femme peut accepter la fortune, il n'en est pas de même pour nous. La femme (honte à notre société...) n'arrive par son travail qu'à lutter contre la misère... Nous, notre place est marquée dans le monde selon notre mérite, il n'y a donc que des hommes sans dignité et sans courage, qui puissent accepter que des femmes les fassent riches....

Mademoiselle DE KARINI.

Alors il ne me reste plus qu'à me ruiner... aujourd'hui même j'irai trouver mon banquier, je lui dirai de vendre mes maisons, mes propriétés, mes actions, mes rentes de toutes sortes; je jouerai à la bourse, et dans quinze jours, j'espère me présenter à vous les mains vides... vous ne me vaincrez pas en désintéressement...

VAGNEUR.

Je ne me reconnais pas le droit d'exiger votre ruine, votre fortune est à vous, gardez-la, vous trouverez des malheureux à soulager. Laissez-moi pourvoir seul à nos besoins communs. Vous êtes modeste et simple dans vos goûts. Je me fais dix mille francs par an, ils nous suffiront.

Mademoiselle DE KARINI.

Comme vous voudrez, les malheureux vous béniront.

(On entend du bruit dans l'escalier.)

Mademoiselle DE KARINI.

Quelqu'un, et nous sommes encore ici!...

VAGNEUR.

Ne serai-je pas votre mari?

Mademoiselle DE KARINI.

Des fiançailles aussi promptes donneraient lieu à trop de commentaires. Comment sortir d'ici sans être vue?

VAGNEUR.

Par la porte à droite, ici, c'est un escalier de service qui conduit dans la cour. Venez. (*Ils sortent.*)

SGÈNE XI.

GEORGE, DUVAL, COURTAY, DELORME, LEROIX, DE PÉDANTSEC.

GEORGE (*il se laisse tomber sur un siége.*)
Est-ce avoir peu de chance! moi qui croiyais cette fortune si solide!

LEROIX.

Heureusement que tu apprends la chose assez tôt.

COURTAY.

Bah! George, une de perdue, dix de retrouvées.

GEORGE.

Tu en parles à ton aise, c'est chose peu commune de nos jours, que les filles vraiment riches.

DELORME.

Puisque celle-ci, ne l'est pas!

DE PÉDANTSEC.

Les temps sont durs, l'argent est rare, le luxe est trop grand de toutes manières, il n'y a plus d'argent dans les maisons comme autrefois. (*A part*) Si au moins je ne lui avais rien prêté?

SCÈNE XII.

Les mêmes : CH. VAGNEUR.

VAGNEUR *à Delorme. (Il montre George.)*

Qu'a-t-il donc ?

DELORME.

M. Gérardo, un ami de son père, qui lui porte de l'intérêt, vient de venir l'avertir, que M. Guyot, dont il devait épouser la fille, est complètement ruiné. Ses créanciers viennent de le déclarer en faillite. *(Plus bas)* c'est fâcheux, il a tant de dettes, il espérait les payer avec la dot.

VAGNEUR, *à George (à part.)*

Combien te faut-il pour te rétablir dans tes affaires ? j'ai quelques économies, je les mets à ta disposition.

GEORGE.

15,000 fr, me remettraient à flot.

VAGNEUR.

Je n'ai pas la somme entière, mais je trouverai à la compléter, viens chez moi, demain à midi. *(haut)* Crois-moi, George, renonce à cette folie des hommes de notre époque, qui perdent leur temps et passent leur jeunesse, à courir après l'ombre de l'héritière, qu'ils n'épousent jamais ; il n'y a pas assez de femmes riches pour tout le monde, puisque chacun en veut : le plus sage et le plus digne est de compter sur soi-même pour arriver à la fortune.

GEORGE.

Je crois que toi seul de nous es dans le vrai, mon cher Vagneúr, aussi je te promets de suivre tes conseils.

DE PÉDANTSEC.

Le mariage s'éteindra.

VAGNEUR.

Le mariage de spéculation, la première immoralité de notre époque, oui. Mais, les gens qui chercheront simplement à être heureux, se marieront toujours, la preuve en est, c'est que j'ai l'honeur vous faire part de mon mariage avec Mademoiselle de Karini, que vous avez vue ici ce matin.

TOUS.

Vraiment ! elle est charmante.

LEROIX.

Ses beaux yeux valent une fortune.

VAGNEUR.

Il est possible que ses beaux yeux vaillent une fortune, mais ce qui vaut mieux encore que sa beauté ce sont les qualités du cœur et de l'esprit, qu'elle possède au suprême degré.

LEROIX.

Quelle chance! une aussi jolie femme, surtout si elle n'est pas absolument sans rien. (Soit dit sans te fâcher.)

VAGNEUR.

Elle possède trois cent mille francs, dont les revenus sont et resteront au service des malheureux, pour moi, je ne veux pas un sou de dot.

(La toile tombe.)